P9-BJG-621

READING POWER
En Español

Marion Jones
Atleta de categoría internacional

Heather Feldman

Traducción al español
Mauricio Velázquez de León

The Rosen Publishing Group's
Editorial Buenas Letras™
New York

1

aPara Sophie Megan

Published in 2002 by The Rosen Publishing Group, Inc.
29 East 21st Street, New York, NY 10010

First Edition in Spanish 2002
First Edition in English 2001

Book Design: Michael de Guzman

Photo Credits: pp. 5, 19 © CLIVE MASON/ALLSPORT; p. 7 © MIKE POWELL/ ALLSPORT; p. 9 © Rob Tringali Jr./SportsChrome; pp. 11, 17 © Bongarts Photography/SportsChrome; p.13 © DOUG PENSINGER/ALLSPORT; pp. 15, 21 © GARY M. PRIOR/ALLSPORT.

Feldman, Heather.
    Marion Jones : atleta de categoría internacional / Heather Feldman : traducción al español Mauricio Velázquez de León.
        p. cm.— (Reading power)
    Includes index.
    Summary: Simple text and photographs describe the achievements of a world-class runner.
    ISBN 0-8239-6123-0
    1. Jones, Marion, 1975– —Juvenile literature. 2. Runners (Sports)—United States—Biography—Juvenile literature. 3. Women runners—United States— Biography—Juvenile literature. [1. Jones, Marion, 1975– 2. Track and field athletes. 3. Women—Biography. 4. Afro-Americans—Biography. 5. Spanish language materials.] I. Title. II. Series.

GV1061.15.J67 F46 2000
796.323'092—dc21
[B]

Manufactured in the United States of America

2

Contenido

Marion Jones es corredora de velocidad. Marion corre muy rápido.

5

Marion entrena muchas horas para correr con velocidad. Cuando entrena, realiza sprints alrededor de la pista.

Marion hace ejercicio para mantenerse en forma. Estar en forma le ayuda a correr con velocidad.

9

Marion también es muy buena en competiciones de salto. Marion puede saltar muy alto.

Marion jugaba baloncesto *(basketball)* en la universidad. ¡Es una gran atleta!

Marion recibe flores cuando gana una carrera. Ella es una de las mejores atletas del mundo y gana muchas carreras.

A Marion le dan una medalla cuando gana una carrera. Se pone tan feliz que besa la medalla. Marion se alegra mucho cuando corre bien.

Marion tiene muchos admiradores y los saluda desde la pista.

19

Marion gana medallas para los Estados Unidos. A Marion le gusta ganar. Pero más que nada, ¡a Marion le gusta correr!

Glosario

atleta (el, la) Una persona que participa en algún deporte.

pista (la) El lugar en el que los corredores entrenan y compiten.

saltador (el) Un atleta que participa en competiciones de salto.

sprints Correr a la máxima velocidad en una distancia corta.

Si quieres leer más acerca de
Marion Jones, te recomendamos
este libro:

Marion Jones: Sprinting Sensation
(Sports Stars)
by Mark Stewart
Children's Press (1999)

Para aprender más sobre atletismo,
visita esta página de Internet:

http://www.yahooligans.com/Sports
_and_Recreation/Track_and_Field

Índice

Número de palabras: 154

Nota para bibliotecarios, maestros y padres de familia
Si leer es un reto, ¡Reading Power en español es la solución! Reading Power es
ideal para lectores hispanoparlantes que buscan un nivel de lectura accesible en
su propio idioma. Ilustrados con fotografías, estos libros presentan la información
de manera atractiva y utilizan un vocabulario sencillo que tiene en cuenta las
diferencias lingüísticas entre los lectores hispanos. Relacionando claramente texto
con imágenes, los libros de Reading Power dan al lector todo el control. Ahora los
lectores cuentan con el poder para obtener la información y la experiencia que
necesitan en un ameno formato completamente ¡en español!

Note to Librarians, Teachers, and Parents
If reading is a challenge, Reading Power is a solution! Reading Power
is perfect for readers who want high-interest subject matter at an accessible
reading level. These fact-filled, photo-illustrated books are designed for
readers who want straightforward vocabulary, engaging topics, and a
manageable reading experience. With clear picture/text correspondence,
leveled Reading Power books put the reader in charge. Now readers have the
power to get the information they want and the skills they need in a user-
friendly format.